KB115480

코다리

시와소금 시인선 164

코다리

ⓒ박지현, 2023. printed in Seoul, Korea

초판 1쇄 인쇄 2023년 11월 20일
초판 1쇄 발행 2023년 11월 25일
지은이 박지현
펴낸이 임세한
펴낸곳 시와소금
디자인 유재미 정지은

출판등록 2014년 1월 28일 제424호
발행처 강원 춘천시 충혼길20번길 4, 1층 (우-24436)
편집·인쇄 서울시 중구 퇴계로50길 43-7 (우-04618)
전화 (033)251-1195 / 휴대폰 010-5211-1195
전자주소 sisogum@hanmail.net
ISBN 979-11-6325-072-2 03810

값 12,000원

* 이 책의 내용의 전부 또는 일부를 재사용하려면 반드시 저작권자와
  시와소금 양측의 동의를 받아야 합니다.
* 잘못된 책은 교환해 드립니다.

강원특별자치도 강원문화재단 Gangwon Art & Culture Foundation
· 이 시집은 강원특별자치도 강원문화재단 나래예술지원사업 지원금으로 발간되었습니다.

시와소금 시인선 · 164

코다리

박지현 시조집

시와소금

오래 익숙한 풍경이 문득 낯설다
가을 햇볕 탓이다

너무 쨍쨍해서 그늘과 그늘 사이
잠시 기대어야 할 것 같은,

내게 온 가을바람이
서늘함의 틈을 벌릴 동안,

여전히 앞만 보고 걷는 사람들의 온기와
보도블록 틈새, 학교 담장 아래의
작은 풀꽃들의 이야기에
귀를 기울여야 할 것 같다

제 자리를 지키고 있던 등나무 아래의 노인들이
어느 날 하나둘 보이지 않는 것도 그렇다

| 차례 |

| 시인의 말 |

제1부 반야심경, 구르다

제2부 대봉감

제3부 눈썹지 가을

제4부 민들레 나한

▌자전적 작품해설 ┃ 박지현

반야심경,
구르다

여우비 한낮

네 곁에 앉았어도
눈머리 걷어 꽂았다

네 곁에 기댔어도
마음밭 무너앉았다

철 이른 매미 울음소리가
솟구쳤다 스러졌다

나도 고집이 있다

아무리 뽑아 봐라 밀어내고 밟아 봐라
나도 고집이 있다 여기까지 온 이상
풀뿌리 무끈한 발끝 만져본 적 있는가

하룻머리 길섶에 나앉아 손끝 다잡는 노인
뽑고 또 뽑는 일을 빚진 듯 깁고 있다
전생의 질긴 일구덕 아직도 깁고 있다

뽑힌 것이 풀뿌리인지 뽑는 이가 풀뿌리인지
누구도 언질 없고 뙤약볕만 허벅진데
어둑밭 손갈퀴 어늬 잡힌 두 고집 지고 있다

코다리

재래시장 좌판 위에 턱을 꿰인 중년 사내
불어 터진 꿈들이 차올랐다 빠지면
봄날의 흐늑한 등뼈 꾸덕꾸덕 말라간다

거친 물살 홉뜬 눈들 심해를 휘젓는데
너른한 이맛살은 수굿이 내려앉고
한판승 뒤집은 광땡, 화투판에 물이 오른다

사릿물 갯창 빠지듯 파장에 든 장터어름엔
오늘 하루도 코가 꿰인 일용직 노동자들
살그래 가슴지느러미 꿈틀도 해보는 것이다

표고버섯 근처

벌레 먹은 것들을 야무지게 골라내는데
벌레 먹지 않은 날들이 덩달아 딸려왔다
사릿물 갯창 빠진 손은 가실볕에 널었다

참나무가 만든 길을 촘촘히 따라 걸을 땐
버릴까 내려놓을까 망설인 풀 위의 날이
하늘 끝 날개 펴들고 우르르 쏟아졌다

한철 잘 보낸 나무이듯 폭설의 그날이듯
굴풋하니 슴배인 손 끝내 놓지 못한 길도
홍자색 엎딘 등 위에 파릇파릇 일어섰다

봄, 폭설

때 늦은 봄 폭설에 세상 길이 끊겼다
재바른 텃새 몇몇 발그레 발뒤축이
무너진 집터의 잔해
그 기억을 더듬는다

그 어디쯤 숨었나 단단했던 생의 허리
알숭달숭 꽃 벽지에 꾸드러진 구들목은
재개발 붉은 깃발에
재갈 물려 엎어졌다

이 땅이면 어떻고 저 땅이면 또 어떤지
깃발이 갈라놓은 봄의 행간 사이로
난분분 불모의 눈꽃
저뭇하니 흩어진다

달빛이 내게 오고

그때는 그 누구도
꿈꾸면서 아니라고
아무것도 아니라고 손 휘젓는 그런 날은
궁벽한 저녁 해 너머 창호지가 울었지

굴뚝에 이울었던
검붉깃한 오얏이
중천을 물들이고도 시침을 뚝 뗄 때면
어머니 깨금발 자국 마당 가득 흐무러졌지

탱자나무에 걸려든
뒷산의 긴 그림자가
창유리에 들엉겨 영 떨어지지 않았던
오늘이 꼭 그날처럼 어머니 오실 거라고

꽃인 줄 알았는데

꽃인 줄 알았는데
갈 곳 없는 나비였다
나비인 줄 알았는데 빗물든 나뭇잎이었다
간밤에 흩어진 너는
대숲에 인 바람이었다

한 걸음 더 내딛지 못해
기침만 쿨럭였다
눈설레 진 성급한 날 무릎만 으스러졌다
기억의 길모퉁이엔
녈비만 흩어졌다

꽃도 나비도 나뭇잎도
피었다 진 날에는
한낮에도 보래구름 저 혼자 피었다 지고
생다지 서리아침이
설핏하니 젖어왔다

풍경

미루나무 숲길에
저녁이 오고 있다
완강한 새의 날갯짓 솟구치며 흩어진다
출발선 그때의 시계는 아직도 수리 중인데

다른 한쪽 밟으면
또 한쪽이 일어서고
그 하나를 버리면 남은 하나 얻어 들이는
맨발의 시린 기억들 여전히 물빛이다

잰걸음 넘어뜨린
열세 살의 신발 끈이
미루나무에 걸려서는 여태도 그 자리에서
고요한 풍경 하나를 말끄러미 보고 있다

반야심경, 구르다

어머니 텅 빈 방에 낭랑한 불경소리
흩어진 염주 알이 바닥을 굴리는지
닥다르 닥다그르르
쓸려갔다 밀려온다

주인 잃은 염주 알이 차마 떠날 수 없어서
모퉁이 돌고 돌아 발 닿도록 돌아서
제 몸을 줄줄이 외고
또 외는 것이었다

달맞이꽃에 관한 기억

담장 기댄 달빛이라네
노란 기억 한 스푼
저뭇한 마루 끝에 꽃잎으로 피어 있네
철 지난 뻐꾸기 울음처럼 기어이 흩어놓네

물둘레가 이는 새벽
발자국도 숨이 멎고
인화문을 놓은 걸음걸음 그 등을 따라가네
서름히 안겨든 몸짓 차마 놓을 수 없었네

등 뉘인 자리마다

등 뉘인 자리마다
가을바람 질번하다

어리번쩍 단풍물
불서럽게 물드는데

한 번도 못 가본 그 길
낮꿈처럼 흩어졌다

바흐의 무반주 첼로가 있는 오후

요한 세바스티안 바흐가 나에게 말을 건다
내가 던진 음표를 내가 걸어놓은 소리를
닿을 듯 닿지 않는 그날 그 물살 보았느냐고

천천히 풀어내는 연두 무성한 음표의 나라
나뭇가지 흔들리고 은빛 소리의 실들이
돌멩이 그 틈 사이로 시냇물로 흐르는데

바닥을 집어삼킨 연초록의 물살이
떠밀리다 멈췄다 사정없이 흩어지는
이 봄날 해체되어버린 바흐의 무반주 첼로라니

초판본, 붉히다

앵두꽃 떨어지네
봄비 놀라 흠칫하네

부끄럼 벗어던진 저 눈부신 하얀 몸들

적막의 짙붉은 날들
이때다 겁탈하네

풀의 뒤꼍

마당 가득 풀이 돋았다 제집인지 아닌지
관심은커녕 애초 마음조차 두지 않았다
저들만 어우렁더우렁 키 맞추고 입 맞췄다

살면서도 더러는 발밑이 궁금해서
눈보라 회오리에 언 바람이 들이대도
등짝의 무성한 풀들 여태도 그 자리였다

걸으면서 알았다 달리면서 보았다
달빛이 흩뿌려지고 별들끼리 얽혀도
풀들은 제 땅 떠난 적 달아난 적 없었음을

제 **2** 부

대봉감

외벽의 꿈

초고층 유리벽에
대롱대롱 매달렸네
꾸역꾸역 접힌 날개 펼쳐내는 그 사내
건들면 바스라질 듯 허리춤 호라맸네

더 높이 오를수록
흔들리는 바닥이네
사막이 내어놓은 파랑이는 첩첩의 날
한 덩이 공중뿌리밭 그 뒤를 따라가네

오늘 문득,

오늘 문득, 아버지
잔소리가 그립다
잔소리하긴 했었는지 못다 붉힌 얼굴에
선잠 속 까칠한 음성 아직도 쟁쟁한데

허공 속 잔소리는
공갈빵처럼 부풀고
귓속을 비워내도 꼬리 긴 저 북풍만
들뭇들뭇 싸아하니 회오리로 날아든다

더듬어서 확인할 수
만질 수 없는데도
그때의 유리문 너머 미닫이 나무 창살
그 너머 나무 기둥 뒤 꽃벽지 건너건너

손 내밀면 만져질 듯
보일 듯 벽에 스민

그 잔소리 진작에 압화가 되었는데
창밖엔 벚꽃이 팡팡 애줄없이 져 내린다

대봉감

택배로 부쳐져 온 주먹만 한 대봉감
줄밤을 샌 가을이 예고 없이 들이닥쳤다
다 벗은 벌건 몸들이
반질반질 자그르르

하염없이 눈 떨구고 등 기대고 엎어져도
당돌하니 눈부셨다 어떤 놈은 빳빳이
고개를 쳐들었다가
바닥 향해 몸 낮췄다

아무 일 없다는 듯 만질 때는 먼눈 하는
덜 여문 등허리가 무처럼 딱딱한 놈
가슴이 말랑말랑한 놈
야들야들한 엉덩이가

금세라도 터질 듯 부끄럼 없이 부푼 놈들
어깨가 떡 벌어진 이놈 저놈 모두 한 패거리였다

한 번에 날라져 온 가을
제 뜨거운 몸 활짝 켰다

가을 선잠

긴 꼬리 딱새 날아오면
그림자 껑충 짧아지고

메밀곶이 산등성이 메밀꽃눈 뒤덮이고

먼 산 뒤 양떼구름이
선잠 깨어 달려온다

눈어리 밟히는 것이

약국 앞 계단 아래
보따리 푼 팔순 노인
누가 봐도 영락없는 무쇠부처 돌부처다
노을빛 깜빡인 눈이 닫힌 듯이 열리는

어제도 그 그저께도
온몸 박인 흥인데
작년에 떠나보낸 막둥 할매 갑장 할매
눈어리 밟히는 것이 가실볕 탓이랴만

할매요, 호박 한 개
열무 두 단 주이소
말 떨어지기 바쁘게 비닐봉지 채운다
풋내 난 그 설은 봄날 꽃눈 하나 틔우듯

가을 모듬살이

어지간히 잘 익었다
누우런 벼이삭들

어지간히 잘 살았다
길섶의 이삭여뀌

저물녘 매지구름을 업고 나는 저 새 떼

찻길가 맨드라미는

어쩌다 생겨난 목숨
아니지 아니지라,

발끝에서 머리끝까지
쉬지 않고 달렸다

꼿꼿이 등뼈 훑어 세운
찻길가 저 맨드라미

그 의자

애초에 내 의자라
찜한 건 아니어도
다 해진 모서리를 밀어낸 적 없었다
구름만 스쳐 지나도 흔들렸던 무릎이었다

바람 한 채 들어앉을
너른 햇볕 외길도
콧머리 어리숭하니 숨죽이며 달려왔다
저녁녘 에둘러 내린 고요깊은 폭설이었다

꽃멀미 부풀었던
그 봄날 흐드러질 때
딱 한 번 띄워 보낸 그때의 낮달처럼
여태도 내 곁에 앉아 발을 벗고 있었다

한 발을 동백에 두고

동박새 울음 울던 당신 뒤를 붙좇는데

눈썹까지 차올랐던 허공이 뚝뚝 떨어진다

통화 중 짙붉은 신호음만 바닥에 흥그럽다

순이

철로변 지붕들이 잔바람에도 쿨럭이네
간밤 내린 봄비에 훌쩍 키 큰 덩굴 순들
빛바랜
시간의 벽을
등 가볍게 오르네

포스트잇 메모장 같은 빠꼼 열린 창문 안쪽
영순이, 미순이, 끝순이, 옥순이 둘러앉아
손목 힘
불끈 일으켜
빡빡 보리쌀 치대네

구름 앉은 봉당에서 봉숭아 꽃물들이던
칡순, 박주가리순, 환삼덩굴순, 순, 순이가
저물녘
철길 따라서
밤마실을 가고 있네

지금도 솔향은

난설헌, 책갈피에 눈보라 숨겨 놓았네
배롱나무 가지 끝 꽃물결 늠실이는데
검푸른 솔향 가지엔
책 읽는 소리 낭랑하네

발뒤축을 누르고 그 시간을 만나네
손끝에 배어드는 코끝 아린 묵향의 날
붓 들어 그려낸 세상
아직 마르지 않았는데

타오르지 못해서 차마 지울 수 없었던
짧고 긴 하루라서 재조차 될 수 없었던
허기진 강릉의 그날들
여태 바람에 일렁이네

그 오죽烏竹

초가을 햇살 받은 오죽烏竹을 마주하네
구불텅 길 열리네 조심조심 뒤를 따르네
오죽헌 곳곳 인박인 사임당의 걸음을

장지문에 어리비친 긴 하루의 인고가
툇마루 지댓돌에 인장인 듯 또렷한데
강릉의 모래바람만 한발 앞서 길 밝히네

걸음을 옮길 때마다 마음 먼저 앞서 걷던
신 씨의 갈래꽃뿌리 널브러진 시간이
아직도 길을 만드네 강을 건너 산을 넘네

살갗숨을 쉬어도 닿지 못한 걸음 있어
가만가만 귀 대보면 놓지 못한 말도 있어
숨죽여 헤아려보네, 그때 그 눈밭 길을

서운암에선

가을 햇볕 앉은 자리 질경이가 수북하네

질경이 앉은 자리 보살꽃이 흐드러지네

서운암 너른 살터엔 너나들이 부처꽃이네

푸른 눈데 두른

긴 꼬리 딱새 날갯짓에
서녘 껑충 짧아지고

메밀꽂이 산등성이에
메밀꽃이 흐드러지고

먼 산 뒤 놀란 양떼구름이
선잠 깨어 달려온다

제 **3** 부

눈썹지 가을

들마꽃

— 눈썹지 가을

어머니 앉았던 자리
가을 햇볕 고였다

너른한 들마꽃 둘레에
눈썹지를 두르니

굼깊은 나뭇가지에
휘파람새 날아든다

볏단

— 눈썹지 가을

마루 끝이 내려앉았다
제풀에 나가떨어졌다

하루가 다른 가실볕에
애마르게 저물었다

뭉실한 서녘의 볏단은
진작 꽃노을에 넘어갔다

여울

— 눈썹지 가을

아우라지 여울돌에
나앉은 새털구름

흐르다 말고 멈추다 말고
뛰다 말고 주저앉는다

지지난 떠나보낸 발
여태껏 여울지는데

풀벌레 울음
― 눈썹지 가을

가을 길섶은 저들끼리
붐비다 흩어지고

가을 햇살은 저들끼리
막춤 추다 스러지는데

가을밤 풀벌레 울음은
단 한 번도 드팀없다

딱정벌레

― 눈썹지 가을

방충망에 걸려든 딱정벌레 그렇지,
제 길을 잃은 게지 선심 쓰며 문을 열어
나갈 길 요리조리 겨우 만들어 주었는데

이튿날 창문 틈으로 엉금엉금 기어나온다
아무리 날려 보내도 또다시 제자리인 것은
제 길을 잃어버린 것도 쉼도 아니라는 것인데

에움길 안길 바깥길 하나 같이 맞갖지 않아
제 몸의 길이란 길을 죄다 버린 것이라면
촘촘한 저 방충망은 도대체 뭣에 쓸 것인가

그 철새도래지

― 눈썹지 가을

기억도 기억 나름, 이별도 이별 나름인데
우르르 떼거지로 몰려든 덤프트럭에
머리채 냅다 잡힌 곳갓인 듯 으스러지고 짓밟힌다

물풀에 둘러싸인 최후의 철새도래지
강 이쪽 강 저쪽 끝 납작 엎드린 등허리가
있는 듯 없는 듯 살아낸 수만 년의 날들이

손 한 번 흔들지 못하고 발 한 번 구르지 못하고
굴착기에 짓이겨진다 죽창에 널브러진다
저물녘 빗발무늬가 난개발 봉두난발이다

태양초

― 눈썹지 가을

1.

고가철도 아랫녘 탁 트인 보도 위에

태양초 물고추들 찐득하니 누워있다

처서의 상기 바람을 이불처럼 덮고 있다

2.

길모퉁이 한쪽에 삼각 텐트 펼쳐놓고

일 년 농사 으스러질까 모로 누운 저 남자

저물녘 노을의 무게 온몸으로 받고 있다

3.

별 없는 밤이어도 달 없는 새벽이라도

두툼발 뒤척이며 애발스럽게 살아내야지

희아리 질벅거린 날은 철길에나 널어둬야지

감나무

― 눈썹지 가을

가을볕이 짧아졌다
걸음들이 빨라졌다

그늘도 덩달아서
성큼성큼 깊어졌다

감나무 가지 떠들추며 살금살금 등불 켜들었다

어머니
— 눈썹지 가을

어머니 돌아앉아 깻단을 털어내다가

어머니 등 구부려 작두콩을 까다가

어머니 해 넘어가는데 발마저 벗어든다

너른 살터
— 눈썹지 가을

갈바람 지난 자리 발갛게 부풀었다

들풀은 들풀대로 산등성은 등성이대로

산 둘레 너른 살터에 물러터진 젖 냄새

한낮
— 눈썹지 가을

이맘때는 산과 강물이 밤새 작당을 하고선
땅 위로 산목숨들 들었다가 놓았다가
온종일 궁굴렸다가 흔들었다 놓는데

이른 아침 공원 의자에 걸터앉은 노인네
스쿨버스에 오르는 제복의 아이들에게도
잠 덜 깬 아기 손에도 단풍물 옮겨붙는다

신발 뒤축에 착 감기는 햇살이 그러하고
페이지 없이 대강 펼친 한낮이 그러하다
눈썹지 넘너른한 안쪽 섞어작으로 북새통이다

빗금친 신호음
―눈썹지 가을

'위험하오니 한 발짝 뒤로 물러서 주세요'

횡단보도 신호음에 발을 묶는 행인들

뛰다 만 속도의 날은 내처 달리고 싶은데

한낮을 덥석 베어 문 붉은배지빠귀 울음에

등 떠밀려 달려온 길 흥건흥건 젖어 들고

발걸음 떠받친 날만 잔물결에 흐늑인다

'위험하오니 한 발짝 뒤로 물러서 주…'

빗금 친 신호음이 속도에 내몰리는데

분주한 발걸음 너머 갈피 잃은 무릎인데

긴꼬리딱새

— 눈썹지 가을

긴꼬리딱새 날아오면

그림자 껑충 짧아지고

메밀곶이 산등성이에 메밀꽃눈 뒤덮이고

먼 산 뒤 양떼구름이 선잠 깨어 달려오고

제 **4** 부

민들레 나한

출렁이는 내일

내려앉은 지붕 허릿짬에
잡풀들 흐드러졌다

경상도나 전라도나
충청도나 강원도나

칼바람 등쌀에 못 견뎌
귀를 묻고 등을 묻은

민들레 나한

땅을 파던 농부가 오백 나한 만났네

풀잡맹이 푸데기 속 그 발길 끝 없었네

갓맑은 민들레 무리 애줄없이 흐드러졌네

수련 가득한 불영사 연못에는

감광지 웃음 웃는 부처가 떠다니네

천수경 반야심경 네둘레 내리외우는

잘생긴 호위 불상도 발 벗고 뒤따르네

개별꽃은

숨 놓고 엎드렸네
새녘 햇발 꾀어내려

달 가득 별 무성한 앙가슴 풀어놓고

노숙의 귀 묻은 날도
눈바람도 껴안고서

저 붉나무

얼마나 오랜 날을
노을로 스미었나

오래 걸어온 그 길이 갈피 잃은 허공인데

벼랑 끝 그늘막 두른 귓불 달뜬 그 여자

불퉁바위 위의 처진 개벚나무는

아무리 둘러봐도
이런 명당 없다는 듯

비바람 진눈깨비
강물도 휘감고선

보는 이 누구 없어도
어깨춤만 흥겹다

가실볕 너른한 안짝

이맘때는 산과 강물이 밤새 작당을 하고선

솔옹이 질긴 목숨 들었다가 놓았다가

온종일 궁굴렸다가 흔들었다 놓는데

이른 아침 공원의자에 걸터앉은 노인네

스쿨버스에 오르는 단복의 아이들에게도

잠 덜 깬 아기 손에도 단풍물 옮겨붙는다

신발 뒤축에 착 감기는 햇살이 그러하고

쪽 번호 없이 대강 펼쳐든 한낮이 그러하다

가실볕 너른한 안쪽 섞어작으로 북새통이다

갑산오랑캐꽃이 말하기를

저 건너 애두름에 가시 돋친 생명들
지독한 봄날 한때를 머리 위에 얹고 섰다
어디메 뿌리내려도 가파르긴 매한가지

함경북도 갑산에서 한반도 중허리까지
밤봇짐 쟁여 걸어 피난을 왔다지만
아득한 그때의 눈빛 아리긴 매한가지

난출난출 붙어버린 생다지 등허리 타고
봄물결 밀고 쳐들어온 그때의 오랑캐들이
설풋한 생의 옆구리 애줄없이 물어뜯는데

앙감질 햇살 아래 맨가슴 산기슭이어도
강남이건 금강이건 고깔이건 각시이건
내 살터 내 살붙이들 삼수갑산 그 어디메

늙은 장날

초가을 장날마당 푸른 물결 출렁인다
꾀죄죄 흙 덮어쓴 도라지며 칡 들이
한 번에 등목 잡히려 조신하게 엎디었다

쿵짜짝 꿍짝 꿍짝 어깨춤 장바닥 장단이
한 발은 공중에 두고 한 발은 바닥 누른 채
장날의 오가는 인파를 한 두름에 묶는데

노점상 노인들의 한 치 모를 외길이
밀물인 듯 썰물인 듯 출렁출렁 떠밀리고
맨발의 푸성귀 날들 얼른 그 뒤를 붙좇는다

춘분

복자기나무 층층나무 개나리 덜꿩나무
나뭇가지 쏘아 올려 봄햇살을 후려낸다
어둑한 시간의 뒤켠 묵은 잠을 떨쳐내어

관절의 마디 깊이 그을렸던 고요의 날
저물었던 숨결의 가락진 목덜미엔
꽃그늘 한 뼘쯤 늘려 바람벽도 세워야지

팽팽한 실핏줄이 들뭇들뭇 달아오른
버들개지 방천길을 냅다 달리는 사람들
푸드득 날갯짓하며 봉오리 열어야지

익숙함과 낯섦, 다시 보기
그리고 다시 만나기

박 지 현

익숙함과 낯섦, 다시 보기
그리고 다시 만나기

박 지 현

1.

지금 보고 있는 대상이 '낯설다' 하여 새롭다고 말할 수 있을까. 만약 그렇다면 낯선 것이 다 새로울 수 있을까. 지금 내 앞에 놓여 있는 '익숙함'은 또 낯섦이 아니어서 정말 새로운 것이 되지 못하는 걸까. 이즈음 '낯섦'과 '익숙함'이 주는 무게 혹은 감정, 그리고 가치에 대해 생각해본다. 이 두 가지 명제는 살아가는 동안 피해 갈 수 없는 그림자와도 같은 것이기 때문이다. 사실 '낯섦'과 '익숙함'이란 그 세계가 서로 전혀 다르다. 그러니 굳이 충돌할 일도 없을 것이라고 여긴다. 하지만 오히려 기회만 주어진다면 언제 어디서나 쉽게 충돌한다는 것도 모르지 않는다. 여건만 맞으면 서로 쉽게 자리를 바꿀 수 있고 바꾸기 또한 어렵지 않은 탓이다. 그러니 결코 피해 갈 수 없는 숙명의 관계임이 분명하다.

시적 대상을 통해 만나는 익숙함이란 매우 다양하다. 일상에서 자주 만나는 경우나 간접적 대면에서도 이루어진다. 그것은 그 대상이 친근할 것이라는 선입견이 작동할 경우가 대부분일 것이다. 특히 오래 얼굴 맞댄 대상일수록 서로 닿는 면이 닳고 닳아 부드러울 것이라는 선입견이 지배적이다. 간혹 낯선 것을 만날 때는 우둘투둘하거나 각이 졌거나 일정한 배열이 아닌 느낌을 받을 수도 있다. 그것이 식물이거나 광물이거나 자연이거나 할 것 없이 익숙함과 낯섦은 어쩔 수 없이 빛과 그림자처럼 따라다니는 경우가 많아서 그런 것은 아닐까?

사람이 사는 일도 이와 크게 다르지 않은 것 같다. 인간이 갖는 외양의 공통점에서 서로의 유사함을 쉽게 만날 수 있다는 것은 매우 익숙한 일이다. 그러나 한 발 떨어져서 바라보면 각각의 개체가 같은 것이 하나도 없다는 것을 곧 안다. 눈앞의 존재, 보이는 것 모두 너무나 익숙하고 또 익숙한데 어느 순간 낯선 존재라는 것을 눈치채게 되는 것이다. 그뿐만 아니라 낯섦을 넘어서 너무나 다른 존재라는 것 또한 알게 된다. 그것은 눈앞의 익숙함보다 보이지 않는 그 이면의 낯섦이 매 순간 서로의 간격을 만들어내기 때문이며, 그 간격은 새로운 상황을 만들고 주어진 시간과 공간의 차이에 따라 전혀 다른 존재로 인식하게 하는 때문이다. 익숙함과 낯섦이 전혀 다른 말이면서 같은 말이 되는 이유가 그것이다.

시적 대상은 대체로 매우 자유분방하다. 개체가 가진 스스럼없음이, 자유분방함이, 눈앞에 보이지는 않으나 개체 고유의, 그만의 개성은 그 개성만큼의 의지 또한 확고해 보인다. '나'와 '너'의 거리, 즉 서로의 거리를 인정하고 받아들이면서 부딪는 면을 최소화해야 불협화음이 줄어들 것이다. 각각의 개체가 가진 일정한 룰과 룰이 상호 교차할 때 그 안에 스민, 그 안에 내재한 그만이 가진 세계를 만날 수 있기 때문이다. 그 세계는 오직 현재의 내가 만나고 보아낸 나만의 세계일 것이며 동시에 주관적이면서 매우 객관적인 나만의 감정의 산물이 될 것이기 때문이다.

2.

마당을 가진 집들은 어김없이 풀과 동거한다. 아니 동거할 수밖에 없다. 집주인이 좋아하는 꽃을 골라서 흙을 고르고 돌을 골라내어 아름답고 어여쁜 꽃들이 살 수 있는 공간을 애써 만들어도 어느 틈에 풀들이 마치 제집인 양 야금야금 꽃밭을 점령한다. 일부러 갖다 심은 것도 아닌데 말이다. 그저 풀씨들이 어디선가 날아와서 화단에 착지하는 것이 신통할 따름이다. 그뿐 아니다. 도시의 시멘트 갈라진 틈과 아스팔트 갈라진 틈까지 노린다. 풀 뽑는 것이 힘들어서, 비가 오면 질펀한 진흙이 힘들어서 등등의 이유로 마당에 시멘트를 깔아버려도 풀은 개의치 않는다. 빈틈이 있다는 것을 곧 알기 때문이다. 특히 오래된 주택에서 풀을 만나는 일은 매우 자연스럽기조차 하다. 시간이 지나면서 시멘트가 깨지고 금 간 곳이 제 살터라는 것을 잘 알기 때문이다. 사실 풀들은 그 어떤 상황이든 개의치 않는다. 땅의 어디가 제 살 곳인지, 저를 받아줄 곳인 줄 본능적으로 안다. 그저 아주 약간의 흙만 있다면 아무런 저항 없이 사정없이 저를 내던지기도 한다. 아주 약간의 틈만 있어도 제 삶과 뿌리를 내리는 것에 아무런 문제가 없다는 것을 아주 잘 알고 있다.

마당 가득 풀이 돋았다 제집인지 아닌지

관심은커녕 애초 마음조차 두지 않았다
저들만 어우렁더우렁 키 맞추고 입 맞췄다

살면서도 더러는 발밑이 궁금해서
눈보라 회오리에 언 바람을 들이대도
꼿꼿이 허리 편 풀들 여태도 그 자리였다

걸으면서 알았다 달리면서 보았다
달빛이 흩뿌려지고 별들끼리 얽혀도
풀들은 제 땅 떠난 적 달아난 적 없었음을

—「풀의 뒤꼍」 전문

'마당 가득 풀이 돋았다 제집인지 아닌지/ 관심은커녕 애초 마음조차 두지 않'았다는 것을 풀을 보는 즉시 알아챘다. 빈 곳을 찾아 생명을 피워올릴 뿐만 아니라 빈 곳이라 여겨지는 곳 어디든 제 삶의 터전을 만들어 내는 억척스러움이 있다. 주변의 것이 어떨지라도 아무런 관심을 두는 것 같지 않다. 관심은커녕 제 삶을 살아내기에 온 힘을 기울이느라 개의치 않는 눈치다. '저들만 어우렁더우렁 키 맞추고 입 맞추'는 풀들의 모양새는 우리에게 익숙함 그 자체로 각인된다. '살면서도 더

러는 발밑이 궁금해서/ 눈보라 회오리에 언바람을 들이대' 도 제 뿌리를 내린 땅을 떠나지 않을 것임을 안다. '눈보라 회오리에 언바람을 들이대도' 그 어떤 위협에도 풀은 끄덕 않는다는 것이다. 다만 휘어질 뿐 뿌리가 뽑히는 일이 거의 없다. 억척스러운 풀을 보면서 풀이 갖는 의미를 다시 읊조리게 되는 것이다. '달빛이 흩뿌려지고 별들끼리 얽혀도/ 풀들은 제 땅 떠난 적 달아난 것 없었음을'을 새삼 발견하는 것이다. 과거에도 현재에도 그리고 미래에도 풀은 그렇게 살아왔고 그렇게 살아가며 그렇게 살아갈 것임을 알고 있다.

한편 풀은 오래전부터 우리 민족을 상징하는 '민초'라는 대명사로 불리어 왔다. 풀을 마주하면서 그 이면을 새삼 돌아본다. 그 어떤 외부적 억압이나 고난의 상황에서 짓밟히고 뽑히고 꺾여도 기어이 살아남은 목숨 덕분이다. 숱한 세월을 보내면서 꺾이고 무너지고 엎어지면서도 수도 없이 다시 일어나 무릎을 세우고 등을 세웠다. 쓰러지면 일어나고 또 일어나면서 우리의 존재와 생명을 이을 터전을 끌어안고 기어이 목숨을 이어 나간 그 오랜 고난의 역사가 주는 의미 중심에 '풀'은 존재한다. 그러기에 '풀'에서 그 어떤 고난이 있어도 반드시 제 것을 지켜낸 우뚝함과 꼿꼿함을 만난다. '풀'은 우리 민족의 유전인자 모두가 마치 하나로 이어져 있는 것처럼 동질성을 갖고 있다는데 별다른 의문이 없다.

이쯤 해서 '풀'을 다시 들여다본다. 우리에게 각인된 풀은 또 다른 영역에서도 매우 익숙하다. 한겨울만 제외하곤 풀과의 전쟁을 치르고 있는 곳이 많다고 해도 과언이 아니다. 시골의 밭은 말할 것도 없고 도시에 있는 우리 집에서, 학교에서, 운동장에서, 보도블록에서도 풀과의 전쟁 중이라고 해도 과언이 아니다. 소리 없는 전쟁이 풀이 제풀에 꺾이는 겨울이 오기 전까지 계속 이어지고 있음을 안다. 한편 한겨울일지라도 돌 틈에서 생명을 키우고 있는 또 다른 풀이 있음도 모르지 않는다.

아무리 뽑아 봐라 밀어내고 밟아 봐라
나도 고집이 있다 여기까지 온 이상
풀뿌리 무끈한 발끝 만져본 적 있는가

하룻머리 길섶에 나앉아 손끝 다잡는 노인
뽑고 또 뽑는 일을 빚진 듯 깁고 있다
전생의 질긴 일구덕 아직도 깁고 있다

뽑힌 것이 풀뿌리인지 뽑는 이가 풀뿌리인지
누구도 언질 없고 뙤약볕만 허벅진데
어둑밭 손갈퀴 어늬 잡힌 두 고집 지고 있다

— 「나도 고집이 있다」 전문

위의 작품은 삶의 주변에서 만날 수 있을 법한 풍경이다. 굳이 뽑지 않아도 될 듯한 풀의 존재가 누구한테는 꼭 뽑아야만 하는 존재일 때 노동력이 요구된다. 머리 희끗한 노인의 작은 가게 앞, 애써 뽑아도 뽑아내도 자꾸 솟아나는 풀을 뽑고 있는 풍경이다. 굳이 안 뽑아도 될 터인데 굳이 뽑아내는 노인을 보면서 순간 연민이 일어나는 것은 어쩔 수 없다. 뽑히는 풀도 안됐고, 곧이 노구를 이끌고 힘든 풀 뽑기를 하는 노인도 안되어 보였다. 노인은 아주 익숙한 풀 뽑기를 하는 것이 체화된 것임이 틀림없어 보였다. 그러나 순간 보았다. '아무리 뽑아 봐라 밀어내고 밟아 봐라/ 나도 고집이 있다 여기까지 온 이상' 하며 외치는 소리를 들었다. 풀이 내는 소리였다. 그러나 지지 않고 끝까지 두 손을 움켜쥐며 '뽑고 또 뽑는 일을 빚진 듯 깊고' 있는 노인을 보았다. 주름투성이 헐거운 손을 야무지게 움켜쥐어 '뽑고 또 뽑는 일을 빚진 듯 깁고' 있는 모습은 마치 '전생의 질긴 일구덕 아직도 깁고 있는' 힘든 노역의 모습이 아닐 수 없었다. 살아남기 위해서 어디에선가 날아온 풀을 기어이 뽑아내어야만 하는 대상으로 본 이상 노인은 온 힘을 다해서 뽑는 것이 될 수밖에 없다. 그러나 곧 뽑고 뽑히는 관계가 만들어낸 아이러니를 만났다. 각각의 입장이 상반되지 않고 동일선상에 놓여 있었음을 본 것이다. '뽑힌 것이 풀뿌리인지 뽑는 이가 풀뿌리인지' 알 수 없는. 평생을 일구덕에서 살아온 노인의 모습과 기어이 살아내어야만 하는 '풀뿌리'는 너무 닮아 있었던 것이었다. 사실 나뒹그라질 대상은 '어늬 잡힌', 즉 덜미 잡힌 이가 풀이 아니라 노인이라는 것을 본 것이었다.

> 재래시장 좌판 위에 턱을 꿰인 중년 사내
> 불어 터진 꿈들이 차올랐다 빠지면
> 봄날의 흐늑한 등뼈 꾸덕꾸덕 말라간다
>
> 거친 물살 흡뜬 눈 심해를 휘젓는데
> 너른한 이맛살은 수긋이 내려앉고
> 한판승 뒤집은 광땡, 화투판에 물이 오른다
>
> 사릿물 갯창 빠지듯 파장에 든 장터어름엔
> 오늘 하루도 코가 꿰인 일용직 노동자들
> 살그래 가슴지느러미 꿈틀도 해보는 것이다
>
> ― 「코다리」 전문

요즘 도시에서 재래시장을 만나기가 마땅치 않다. 그래도 도심을 조금 벗어나면 재래시장이거나 어시장을 만나는 것 또한 어렵지 않다. 어느 날 작정하고 들른 바다를 마주한 제법 큰 어시장에서 만난 것은 코다리뿐만 아니었다. 반건조 생선을 줄에 내다 걸거나 좌판에 쭉 늘어놓은 재래시장의 좌판을 보았다. 좌판 부근의 바다와 햇살에 검게 그을린 중년 사내들을 보면서, 오후의 늘어진 그늘 부근, 그들이 시장 바닥에 펼쳐놓은 화투판을 보면서 순간 입가가 올라갔다. 좌판에 펼쳐놓은 코다리 고르기를 잠시 멈출 수밖에 없었다. 이들은 모두 비닐 끈에 코가 꿰인 코다리들이었다. 흥이 고조되면서 근처 일용직 노동자들도 가세하면서 손님이 와도 도통 물건 팔 생각은 하지 않았다. 용대리 황태덕장을 지나쳐오면서도 보지 못했던 모습이었다. 검게 그을린 중년 사내들이 코가 꿴 채 거친 물살 속에서 눈을 흡뜬 채 심해를 휘젓고 있는 모습이었다. '한판승 뒤집은 광땡, 화투판에 물이 오'를수록 '봄날의 흐늑한 등뼈 꾸덕꾸덕 말라가'는 모습을 하고 있었다. 하루하루를 열심히 살아내는 일용직 노동자들도 '살그래 가슴지느러미 꿈틀도 해보는 것'이었다.

오늘 문득 아버지
잔소리가 그립다
잔소리하긴 했었는지 못다 붉힌 얼굴에

선잠 속 까칠한 음성 아직도 쟁쟁한데

허공 속 잔소리는
공갈빵처럼 부풀고
귓속을 비워내도 꼬리 긴 저 북풍만
들뭉들뭉 싸아하니 회오리로 날아든다

더듬어서 확인할 수
만질 수 없는데도
그때의 유리문 너머 미닫이 나무 창살
그 너머 나무 기둥 뒤 꽃벽지 건너건너

손 내밀면 만져질 듯
보일 듯 벽에 스민
그 잔소리 진작에 압화가 되었는데
창밖엔 벚꽃이 팡팡 애줄없이 져 내린다

— 「오늘 문득,」 전문

어머니 텅 빈 방에 낭랑한 불경소리
흩어진 염주 알이 바닥을 굴리는지

닥다르 닥다그르르
쓸려갔다 밀려온다

주인 잃은 염주 알이 차마 떠날 수 없어서
모퉁이 돌고 돌아 발 닿도록 돌아서
제 몸을 줄줄이 외고
또 외는 것이었다

— 「반야심경, 구르다」 전문

아버지를 떠나보낸 지 아주 오래되어서 입으로 부를 일이 없을 줄 알았다. 가끔 기억을 떠올리거나 일부러 사진을 볼 일도 없었다. 흐릿한 기억을 애써 들추고 싶지 않았다. 그러나 벚꽃이 팡팡 터지는 봄이면 어김없이 아버지는 벚꽃과 함께 후루루 떨어져 내렸다. 그랬다. 아버지는 떨어지는 이미지였다. 바다낚시를 했던 도구와 함선 같았던 커다란 구두와 밤색 골덴 겉옷이 함께 떠오르다 떨어져 내렸다. 그리고 봄바람이 불면 벚꽃 속에서 어머니도 여지없이 흩어졌다. 봄날, 후루루 흩어져 내리는 벚꽃 아래서 찬탄도 눈물도 나지 않았다. 그때 알았다. 아름다운 것은 혼자 오지 않는다는 것을.

'오늘 문득 아버지/ 잔소리가 그립다/ 잔소리하긴 했었는지 못다 붉힌 얼굴에/선잠 속 까칠한 음성 아직도 쟁쟁한데' 라고 떠올려보지만 목소릴 기억하고 있다는 것에 고개를 저어본다. 음성도 얼굴도 이미지가 더 앞서는 것은 아닌가 싶은 것이다. 물론 사진을 보면 한꺼번에 떠 오를 것이지만 그러고 싶지 않았다. 벚꽃 아래서 사진은 더욱 보고 싶지 않았다. 꽃벽지에 스며든 음성은 '손내밀면 만져질 듯/ 보일 듯 벽에 스민/ 그 잔소리 진작에 압화가 되었는데/ 창밖엔 벚꽃이 팡팡 애줄없이 져내리' 는 것이었다. 압화를 보면서 아버지가 떠오를 때도 있었다. 봄날에 흩어지는 벚꽃에서 어머니를 만날 수 있었다. 절을 가지고 있었던 친척 덕에 어머니는 가끔 절에 가셨던 터라 그 절에 놀러 간 적이 있었는데 봄이면 절 마당엔 벚꽃이 만개했었다. 벚꽃 팡팡 터지고 떨어지던 날 아버지를 모신 절에 더는 가고 싶지 않았다. 어머니가 떠난 후엔 벚꽃 흐드러진 어떤 절도 가고 싶지 않았다.

약국 앞 계단 아래
보따리 푼 팔순 노인
누가 봐도 영락없는 무쇠부처 돌부처다
노을빛 깜빡인 눈이 닫힌 듯이 열리는

어제도 그 그저께도
온몸 박인 흉인데
작년에 떠나보낸 막둥 할매 갑장 할매
눈어리 밟히는 것이 가실볕 탓이랴만

할매요, 호박 한 개
열무 단 단 주이소
말 떨어지기 바쁘게 비닐봉지 채운다
풋내 난 그 설은 봄날 꽃눈 하나 틔우듯

— 「눈어리 밟히는 것이」 전문

　오랫동안 볕 좋은 약국 앞 계단에서 밭에서 금방 따온 호박
이며, 푸성귀를 팔아온 노인 둘이 있었다. 봄이면 참취, 곰취 등
산나물을 팔고 칼로 잘 다듬어낸 삶은 고사리와 껍질을 까서
손질한 도라지를 팔았다. 볕 좋은 봄날엔 산나물 등 푸성귀들
이 잘 팔렸다. 꽤 짭짤한 수입을 올릴 수 있었다. 건물 위층이
병원이라 노인이 앉은 계단 바로 옆엔 약국에서도 아무런 제지
를 하지 않았다. 약국과의 거리가 아주 가깝지는 않으나 성가
셨을 법한데도 아무런 내색이 없었다. 볼일 본 후 지나치는 사

람들이 산나물이며 도라지며 금방 딴 여러 호박들을 사면서 군이 수퍼마켓을 가지 않아서 좋고 싱싱한 채소를 먹을 수 있어 더 좋아했다. 그런데 어느 날 노인 한 분이 안 보였다. 처음엔 잠시 그러려니 했다. 그러나 부재가 오래가면서 누군가 물었고 잠시 망설인 노인이 돌아가셨다고 했다. 오래 두 분이 앉았던 자리 하나가 비어 있는 것이 익숙하지 않은 이웃들의 관심은 곧 사그라들었으나 마음이 편치 않아 보였다. 봄 햇살, 눈부신 가을 햇살을 손바닥으로 가리며 이마를 들어 올리던 혼자 남은 할머니는 여전히 지나가는 사람들에게 싱싱한 푸성귀를 들어 올리며 팔았고 근처 식당에서 라면을 점심으로 때우기도 했다.

그 후, 2년여를 혼자 푸성귀를 팔던 노인이 어느 날부터 보이지 않았다. 누군가 관심을 보이며 편찮으신가 했고, 누군가는 곧 나오실 거라고 했으나 일 년이 넘어도 나타나지 않았다. 더는 기다리지 않는 눈치였으나 사람들은 곧 알아채어야 했다. 이제는 텅빈 약국 앞 계단엔 봄 햇살과 여름 햇살, 그리고 가을 햇살 차지였다. 이따금 꽃잎과 나뭇잎이 그 자리를 대신하곤 했다.

저 건너 애두름에 가시 돋친 생명들

지독한 봄날 한때를 머리 위에 얹고 섰다
어디메 뿌리내려도 가파르긴 매한가지

함경북도 갑산에서 한반도 중허리까지
밤봇짐 쟁여 걸어 피난을 왔다지만
아득한 그때의 눈빛 아리긴 매한가지

난출난출 붙어버린 생다지 등허리 타고
봄물결 쳐들어온 그때의 오랑캐들이
설풋한 생의 옆구리 애줄없이 물어뜯는데

앙감질 햇살 아래 맨가슴 산기슭이어도
강남이건 금강이건 고깔이건 각시이건
내 살터 내 살붙이들 삼수갑산 그 어디메

―「갑산 오랑캐꽃이 말하기를」전문

어쩌다 생겨난 목숨
아니지 아니지라,

발끝에서 머리끝까지

쉬지 않고 달렸다

꽃꽂이 등뼈 훑어 세운
찻길가 저 맨드라미

— 「찻길가 맨드라미는」 전문

이 땅에 사는 다양한 꽃들은 자생지를 두고 있다. 숱한 세월
을 거치면서 이러저러한 사정에 따라 여러 곳을 전전하며 여전
히 그 생을 이어가고 있다. '갑산오랑캐꽃' 또한 그렇다. 갑산
오랑캐꽃의 태생지는 함경북도 갑산이며 제비꽃과의 식물이다.
저 태어난 곳에서 남하하며 산천 곳곳에 아름다운 생을 퍼뜨
린 강인하고도 수수한 꽃이다. 제비꽃의 종류가 많다는 건 알
았지만 갑산 출신도 있다는 것에 마음이 갔다. 살기 위해, 전쟁
을 피해 남하한 이 땅의 민초들을 떠올렸다. 갑산에서 남하한
갑산오랑캐꽃의 질긴 생의 의지에 귀를 기울였다. 기어이 살아
내어야 생명이었다. 너나 할 것 없이 이 땅의 험한 세상에서 기
어이 살아남아야 했다. '저 건너 애두름에 가시 돋친 생명들/
지독한 봄날 한때를 머리 위에 얹고 섰다'에서 낮은 언덕의 또
다른 이름인 '애두름'이라는 정겨운 표현과 '가시 돋친 생명'

과 '지독한 봄날 한때'를 한데 버무림으로써 봄날, 처연한 생명의 가파르고 위태한 상황을 아슬하게 보여주고 싶었다. 그 생명들은 어디로 갈 곳도 없다. '어디메 뿌리내려도 가파르긴 매한가지'의 내몰린 신세였다. 전란 때 남으로 남으로 피란을 했던 피란민들의 애환이 한눈에 들어왔다. '함경북도 갑산에서 한반도 중허리까지/ 밤봇짐을 쟁여 걸어 피난'을 온 그때의 상황은 아수라장이었을 것이다. 기어이 살아내어야 하는 피란민들의 '아득한 그때의 눈빛 아리긴 매한가지'였으리라. 한쪽에선 달아나고 또 한쪽에선 밀어붙이는 극한 상황이었을 것이다. '난출난출 붙어버린 생다지 등허리 타고/ 봄물결 밀고 쳐들어온 그때의 오랑캐들이' 살터와 생명을 어찌할 도리없이 사정없이 물어뜯었을 것이었다. 그러나 그렇다고 온전히 당할 수는 없지 않은가. 이 땅의 민초들은, '강남', '금강', '고깔', '각시' 등등의 이름을 가진 제비꽃들은 한반도 전역으로 제 살터를 찾아 살아내어야 했다.

기어이 살아내어야 하는 생명은 그 어떤 변명을 하거나 변명거리를 갖지 않는다. 제게 주어진 생명을 받아낼 공간만 있다면 아무런 불평 없이 살아낸다. 살아내어야 한다. '어쩌다 생겨난 목숨/ 아니지 아니지라,'처럼 생명은 우연히, 어쩌다 등등의 표현에 다 담아낼 수 없을 듯하다. 차들이 사정없이 획획 지나치는 위험한 도로변에서 허리 꼿꼿이 세운 위풍당당한 맨드라미를 만났을 때 걸음을 멈추지 않을 수 없었다. 속력 올린 차들이 지나칠 때마다 잠시 몸이 휘청이긴 했어도 곧 제 자세를 되찾곤 했다. 물론 제가 살아갈 마땅한 땅은 아니었다. 많은 살터를 두고 하필 위험하고 딱딱한 곳에 뿌리내릴 수밖에 없는 사정이야 있었을 터였다. 생명이 사는 곳에 사정이 없는 곳이 없겠으나 '꼿꼿이 등뼈 훑어 세운/ 찻길가 저 맨드라미'를 통해 여러 경우의 사람의 삶이 펼쳐지는 것도 어쩔 수 없었다.

3.

춘천에서 청량리 가는 철로변에서 아름다운 풍경을 보았다. 작품 — 「순이」처럼 길게 뻗은 철로를 사이에 두고 고층아파트와 오래된 주택들이 줄지어 서 있었는데 그중 오래된 주택들 담장에 기어오른 덩굴 순들이 눈에 들어왔다. 그들은 한데 뒤엉겨 누가 칡이고 박주가리이고 환삼덩굴인지 얼른 구별되지 않았다. 아니 굳이 구별할 이유가 없었다. 긴 줄기가 뻗어 올린 곳곳에 그들의 진득한 삶이 펼쳐져 있었다. 아파트야 그럴 리가 없지만 주택의 담장엔 여전히 풀들을 기꺼이 받아들이고 있었다. 손을 쭉쭉 뻗은 풀들은 발끝을 들어 키를 더 키우면서 내기라도 하듯 철길을 따라 힘껏 달리고 있었다. 이들은 한때 경

제개발의 역군처럼, 수출을 위한 공장에서 인형을 만들고 날염하며 신발을 만들던 영순이, 미순이, 끝순이, 옥순이 들이었다. 담장과 덩굴은 여전히 힘껏 서로 서로의 등을 밀어주고 서로를 당겨주는 것이었다. 철로 변의 오래된 낡고 작은 주택들이 여전히 그 시절의 낮은 삶을 부둥켜안고 있는 것만 같은 모양새였다. 그러나 머지않은 미래에 이곳도 마주한 초고층 아파트처럼 바뀔 것이었다.

철로변 지붕들이 잔바람에도 쿨럭이네
간밤 내린 봄비에 훌쩍 키 큰 덩굴 순들
빛바랜
시간의 벽을
등 가볍게 오르네

포스트잇 매모장 같은 빠꼼 열린 창문 안쪽
영순이, 미순이, 끝순이, 옥순이 둘러앉아
손목 힘
불끈 일으켜
빡빡 보리쌀 치대네

구름 앉은 봉당에서 봉숭아 꽃물들이던

칡순, 박주가리순, 환상덩굴순, 순, 순이가
저물녘
철길 따라서
밥마실을 가고 있네

　　　　　　　　　　　　—「순이」 전문

때 늦은 봄 폭설에 세상 길이 끊겼다
재바른 텃새 몇몇 발그레 발뒤축이
무너진 집터의 잔해
그 기억을 더듬는다

그 어디쯤 숨었나 단단했던 생의 허리
알숭달숭 꽃 벽지에 꾸드러진 구들목은
재개발 붉은 깃발에
재갈 물려 엎어졌다

이 땅이면 어떻고 저 땅이면 또 어떤지
깃발이 갈라놓은 봄의 행간 사이로
난분분 불모의 눈꽃

저뭇하니 흩어진다

— 「봄, 폭설」 전문

작품 — 「봄, 폭설」은 오래된 동네를 허물어 버린 저무는 풍
경이다. 유난히 눈이 많이 쏟아진 어느 겨울, 오래된 주택들이
마구잡이로 부서져 있었고 오전부터 쏟아진 눈이 그 위를 덮고
있었다. 까치가 더러 먹을 것을 찾으려 종종거렸고 붉은 삼각
깃발이 곳곳에서 펄럭이고 있었다. 재개발지역이었다. 그때 문
득 눈에 들어온 것이 있었다. 허물어진 벽과 그 벽에 새긴 분홍
꽃 벽지였다. 그 아래 누런 장판과 작은 마당과 멀쩡한 장독들
도 있었다. 얼마 전까지 삶이 이어졌던 현장이었다. 그때 보았
다. 오래된 집이 부서진다는 것은 단지 지붕과 벽과 방과 마루
가 부서지는 것이 아니라는 것을. 그 집에서 오랜 시간을 살았
던 그 집 구성원들의 기억도 함께 부서지는 것임을. 꽃벽지에
새긴 낙서도, 방구들에서 피워올린 온기의 시간도, 부엌의 아궁
이에서 피어오른 매운 연기며 밥솥이 뿜어내는 고소한 밥 냄새
등등이 함께 공중으로 흩어지는 것이었다. 이것들은 다 어디로
간 것일까. 이제 어디에서 만날 수 있는 것인가 등등의 연민이
부서져 내린 지붕과 기둥과 마당의 시멘트 위로 안개로 흩어지

는 것은 어찌할 수 없었다.

기억도 기억 나름, 이별도 이별 나름인데
우르르 떼거지로 몰려든 덤프트럭에
머리채 냅다 잡힌 곳갓인 듯 으스러지고 짓밟힌다

물풀에 둘러싸인 최후의 철새도래지
강 이쪽 강 저쪽 납작 엎드린 등허리가
있는 듯 없는 듯 살아낸 수만 년의 날들이

손 한 번 흔들지 못하고 발 한 번 구르지 못하고
굴착기에 짓이겨진다 죽창에 널부러진다
저물녘 빗발무늬가 난개발 봉두난발이다

　　　　　　　　 ―「그 철새도래지-눈썹지 가을」 전문

1.

고가철도 아랫녘 탁 트인 보도 위에
태양초 물고추들 찐득하니 누워있다
처서의 상기 바람을 이불처럼 덮고 있다

2.

길모퉁이 한쪽에 삼각 텐트 펼쳐놓고

일 년 농사 으스러질까 모로 누운 저 남자

저물녘 노을의 무게 온몸으로 받고 있다

3.

별 없는 밤이어도 달 없는 새벽이라도

두툼발 뒤척이며 애발스럽게 살아내야지

희아리 질벅거린 날은 철길에나 널어둬야지

─「태양초 -눈썹지 가을」 전문

　고속 기차가 지나가는 고가철도 아래 새빨간 물고추가 잔뜩 널려 있었다. 그 한쪽엔 모자를 덮어쓴 작업복의 남자가 나지막한 삼각 텐트 속에 누워있었다. 처서 무렵이었다. 지나치는 행인은 행여 이들을 방해할까 염려하여 멀찌감치 빙 돌아서 걸어 다녔다. 얼마나 누웠었는지 알 수 없으나 하늘엔 조금씩 노을빛이 돌고 있었다. 고단한 수확이었을 것이다. 희망찬 수확이었을 것이다. 남자는 뿌듯함에 한순간 단잠에 빠져들었을 테고, 그사이 새빨간 물고추들은 틈을 만들어 얼른얼른 제 몸을 뒤집었을 것이다. 지나치는 사람들 몇은 눈앞에 펼쳐진 이 광경을 보고 뭔가 알았다는 듯 고개를 끄덕이며 잠시 멈추었다 가거나 태양초 가까이 들여다보고는 작업복의 남자를 응원한다는 듯한 어깨를 으쓱해 보이기도 했다. 작업복의 남자에겐 시멘트 바닥이 편치 않았을 것이다. 행인들을 생각하면 더 편치 않았을 것이다. 그러나 꽤 괜찮은 가을 수확물 앞에서 피곤을 내려놓은 사내에게 작은 응원을 보내는 것은 어쩌면 매우 타당해 보이기까지 했다. 삶의 풍경에 눈썹지를 두른, 그 눈썹지 안에서 무르익은 가을이 만들어 낸 풍경이었다.

땅을 파던 농부가 오백 나한 만났네

풀잡맹이 푸데기 속 그 발길 끝 없었네

갓 맑은 민들레 무리 애줄없이 흐드러졌네

　　　　　　　— 「민들레 나한」 전문

감광지 웃음 웃는 부처가 떠다니네

천수경 반야심경 네둘레 내리외우는

잘생긴 호위 불상도 발 벗고 뒤따르네

—「수련 가득한 불영사 연못에는」 전문

국립춘천 박물관에 가면 오백 나한을 만날 수 있다. 상설 전시를 하고 있기 때문이다. 2001년 영월 창령사터에서 땅을 파던 농부에 의해 발굴된 오백 나한은 제각각이다. 같은 표정을 한 이가 아무도 없다. 생각에 잠긴 나한, 수행 중인 나한, 미소 띤 나한, 선정에 든 나한 등등 모두 제각각 다른 표정을 한 것이 마치 살아 있는 사람들의 다양한 표정을 보는 듯해 놀랍다. 가까이 마주하면 무슨 말이라도 할 듯 더 가까이 다가오는 것이다. 매우 과학적이고 정교한 경수 석굴암 불상과는 매우 대조적이라 뜻밖의 느낌을 받게 된다. 손을 내밀어 악수라도 청하고 싶고, 뭔가 이야기를 건네야만 할 것 같고 어떤 질문이라도 받아줄 것만 같은 편한 표정을 짓고 있다. 이들 오백 명의 아라한阿羅漢은 인도 초기의 수행자 중 가장 높은 단계로 깨달은 부처님 되기 전에 이른, 수행자의 반열에 든 나한을 이른다 했다. 어느 봄날, 봄 들판을 걸으면서 멀리까지 노란 물을 덮어쓴 민들레 무리를 만났을 때 갑자기 더 가지 못하고 한참을 제자리에 서 있었던 적이 있었다. 아름다웠다. 노란 민들레 무리가 그렇게 당차 보일 수가 없었다. 서로 어깨를 걸고 제자리를 지키고 있는 것이 든든하기까지 했다. 키 큰 강아지풀, 키 작은 토끼풀, 질경이 등등 사이, '풀잡맹이 푸데기 속 그 발길 끝 없었' 던 '갓맑은 민들레 무리'에서 '오백 나한'의 모습을 떠올린 것은 매우 자연스러운 또 다른 만남이 아니었을까 싶은 것이다. 울진 불영사 연못에서도 비슷한 느낌을 받았다. 작고 소박한 연못엔 수련이 가득했는데 그 모두가 부처로 보였다. 부처가 놓인 곳은 '크고 작고'가 없었다는 것과 모두 한 쪽으로 흐르고 있었다.

초가을 장날마당 푸른 물결 출렁인다
꾀죄죄 흙 덮어쓴 도라지며 칡 들이
한 번에 등목 잡히려 넙죽넙죽 엎디었다

꿍짜짝 꿍짝 꿍짝 어깨춤 장바닥 장단이
한 발은 공중에 두고 한 발은 바닥 누른 채
장날의 오가는 인파를 한 두름에 묶는데

노점상 노인들의 한 치 모를 외길이
밀물인 듯 썰물인 듯 출렁출렁 떠밀리고
맨발의 푸성귀 날들 얼른 그 뒤를 붙좇는다

— 「늙은 장날」 전문

    도시의 큰 장점은 대형마트가 있다는 것이고, 일부 소도시의 장점은 아직도 장날이 있다는 것이다. 도시에서 나고 성장한 탓에 장날을 만날 일이 일부러 아니고서야 쉽지 않았다. 이따금 여행 중에 만날 때는 볼 일을 뒤로한 채 구경하기 바빴던 장날 풍경이었다. 시골 장날은 도시에서는 쉽게 상상하기 어려운 다양한 풍경이 어우러져 있다. 마치 7~80년은 더 된 단편 소설이나 장편 소설에서나 만나볼 수 있을 듯한 '장날' 풍경은 이제 예전의 모습과는 많이 달라졌을 것이나 여전히 있어야 할 것은 거의 다 있었다. 스피커를 틀어놓고 내기에서 이기면 덤으로 약으로 쓸 잉어나 붕어를 두 배를 준다거나 큰 소리로 가위를 흔들어대는 엿장수도 있고, 못에서 갓 잡은 미꾸라지를 흥정하거나 국수대를 걸어놓고 즉석에서 국수를 말아 파는 곳도 있고 직접 딴 두릅, 갓 캔 칡과 흙도라지도 있었다. 파닥거리는 암탉도 있었고 그 닭이 낳은 달걀도 함께 있었다. 흙을 채 털어

내지 않은 푸성귀들을 잔뜩 늘어놓고는 한 움큼 덤도 주겠다고 지나가는 발목을 잡아끌기도 했다. 그러나 장날에 모인 이들 대부분은 중년을 훌쩍 넘긴 이들이었다.

담장 기댄 달빛이라네
노란 기억 한 스푼
저뭇한 마루 끝에 꽃잎으로 피어 있네
철 지난 뻐꾸기 울음처럼 기어이 흩어놓네

물둘레가 이는 새벽
발자국도 숨이 멎고
인화문을 놓은 걸음걸음 그 등을 따라가네
서름히 안겨든 몸짓 차마 놓을 수 없었네'

— 「달맞이꽃에 관한 기억」)

어쩌면 우리의 기억을 점유하는 대부분은 '해'거나 '달'이거나 '꽃'인지도 모른다. 이들의 공통점은 '눈부심'이다. 아주 눈부시거나 은근히 눈부시거나 잠깐의 반짝임일 지도 모른다.

삶의 대부분을 차지하는 기억의 저장고는 일부러 꺼내쓸 필요는 없어도 문득문득 알맞게 그 속의 것들이 알아서 나오기도 한다. 재미있는 것은 기억엔 분명 '해'였는데 꺼내고 보면 '달'일 수도 있고, '별'일 수도 있는.

'익숙함과 낯섦, 다시 보기, 다시 만나기'를 하는 내내 문득 내가 낯설어졌다. 처음 본 내가, 처음 만난 내가, 가끔 모른 척 했던 내가 한꺼번에 떠올랐다. 하지만 곧 익숙함을 만날 것이므로 조금 더 기다려보기로 한다.